AF137413

Lisa GERVASONI

La Rame

Huis clos métro-comique

Edition: BoD - Books on Demand
12/14 rond-point des Champs Elysées
75008 Paris
Imprimé par BoD – Books on Demand, Norderstedt
ISBN : 978-2-3221-0992-0
Dépôt légal : *janvier 2019*

.

DURÉE :

60 minutes environ.

PERSONNAGES (Par ordre de prise de parole):

LE CONDUCTEUR

LE MUSICIEN DU METRO

LA VIEILLE

LA WORKING GIRL

LA CAILLE

L'ETUDIANTE

LE BOBO

DÉCOR :

Une rame de métro.

Prologue

Une rame de métro vide. Pendant toute la scène, on entend la chanson « Il est cinq heures, Paris s'éveille ». En fond de scène, est projetée la date du jour. Tandis que les jours défilent, les personnages (à l'exception du conducteur) montent dans la rame, miment le trajet du jour et ressortent. L'opération se répète à chaque jour qui s'affiche sur l'écran, jusqu'à la fin de la chanson.

Scène I

Bruit de freinage d'urgence.

LE CONDUCTEUR
Il est hors scène et parle au micro

Mesdames et messieurs, suite à une coupure d'électricité, le trafic est momentanément interrompu. Nous vous remercions de bien vouloir patienter.

Tous râlent en cœur, sauf le musicien.

LA WORKING GIRL

Evidemment, les portes sont bloquées alors qu'on est à quai, quelle poisse!

LE MUSICIEN DU METRO

Comme on dit que la musique adoucit les mœurs, quoi de mieux pour passer le temps qu'un petit intermède musical?

TOUS LES AUTRES
Sauf le conducteur

AH NON !

LE MUSICIEN DU METRO
Posant sa guitare

Ah bon, d'accord.

LA VIEILLE

60 ans que je prends le métro, et c'est toujours la même pagaille. Ah elle est belle la France!

LA WORKING GIRL

Ecoutez Madame, c'est déjà assez pénible pour tout le monde, merci de nous épargner vos poncifs!

LA CAILLE
Amusé

La meuf elle lui a dit poncif, ma parole il va y'avoir baston!

L'ETUDIANTE

Poncif n'est pas une insulte, en fait. C'est un nom commun tout ce qu'il y a de plus correct issu du latin « punctum ». Il est synonyme de banalité, parole ou fait sans grand intérêt, généralité, idée reçue, lieu commun. Par exemple, c'est vraiment un poncif de dire qu'on est contre la guerre. Tout le monde l'est, cela va de soi. Inutile de le préciser.

LA CAILLE
Enervé

Ca va calme-toi miss Larousse, t'es pas à l'école là, y'a pas d'interro à la fin du trajet!

LE BOBO
Pacificateur

Messieurs dames, je vous en prie, gardons notre calme. Après tout, il n'y en a que pour quelques minutes.

LE CONDUCTEUR
Il est hors scène et parle au micro

Mesdames et messieurs, le trafic est toujours interrompu pour une durée indéterminée. Nous nous excusons pour la gêne occasionnée. Nous reviendrons vers vous pour vous donner plus de précisions dans une dizaine de minutes.

TOUS
En cœur

QUOI, DIX MINUTES ?

LA WORKING GIRL
Stressée

J'ai un call imminent avec Singapour que je ne peux ab-so-lu-ment pas manquer, et évidemment, ici, y'a pas de réseau !

L'ETUDIANTE
Stressée

Olala je vais rater l'ouverture de la bibliothèque, et c'est sûr qu'on va me voler la place de l'entrée, la meilleure, pile entre les rayons langues, civilisations et littérature comparée! Ma journée est foutue!

LA CAILLE
Feignant l'énervement

J'vais rater la pause clope avant le premier cours, vas-y ça saoule je vais être obligé de sécher encore!

LA VIEILLE
Enervée

Eh bien moi, le Docteur Müller va me sucrer mon rendez-vous, c'est sûr. Et paf, encore des semaines d'attente pour reprogrammer. Ah elle est belle la France!

LE BOBO
Stressé

Quant-à moi, bien que je sois enclin au calme et à la modération, j'avoue que les espaces clos me provoquent des montées d'angoisse. Il faut vraiment que je me concentre sur mon moi intérieur.

LE MUSICIEN DU METRO

Moi ça va, je suis content. Vous êtes sûrs que vous ne voulez pas un peu de musique?

TOUS LES AUTRES
Sauf le conducteur

NON !

LE MUSICIEN DU METRO
Posant sa guitare

Ah bon, d'accord.

Silence. Chacun retourne à ses occupations.
Le musicien sifflote.

LE CONDUCTEUR
Il est hors scène et parle au micro

Mesdames et messieurs, quelques nouvelles plus tôt que prévu.

TOUS
Sauf le conducteur

AHHH !

LE CONDUCTEUR
Il est hors scène et parle au micro.

Après quelques vérifications, il s'avère que notre panne électrique est sérieuse. Malheureusement, le temps de faire intervenir nos services techniques, nous sommes au regret de vous annoncer que vous devrez patienter…une petite heure.

TOUS

QUOI, UNE HEURE?

LA WORKING GIRL
Envoyant un texto, paniquée

Et ça ne capte TOUJOURS PAS! Si mon boss ne reçoit pas ce texto, je vais me faire virer, VI-RER !

L'ETUDIANTE
Gesticulant, encore plus paniquée

Une heure de moins sur mon programme de révisions, c'est la catastrophe! Je suis bonne pour redoubler!

LA CAILLE
Feignant l'énervement

La vie d'ma mère j'vais aussi rater la pause clope de 10 heures, j'vais encore devoir sécher tous les cours ma parole!

LA VIEILLE
Encore plus énervée

Formidable ! Non seulement c'est râpé pour le docteur Müller, mais en plus il n'y aura plus de baguette bien cuite à la boulangerie. Ah elle est...

TOUS
Sauf le conducteur

BELLE LA FRANCE, ON A COMPRIS!

LA VIEILLE
Outrée

Quels grossiers personnages !

LE BOBO
Très stressé

Ecoutez, la perspective d'être enfermé dans un espace exigu pour un temps indéterminé ferme dangereusement mes chakras. Si en plus, tout le monde répand des ondes négatives, je vais littéralement péter un câble.

LE MUSICIEN DU METRO

Bah du coup, pour se calmer, on se frait pas un p'tit morceau de musique?

TOUS LES AUTRES
Sauf le conducteur

TA GUEULE !

LE MUSICIEN DU METRO
Posant sa guitare

Ah bon, d'accord.

LA WORKING GIRL
Calme

Ecoutez, je crois que ce sera beaucoup plus simple pour tout le monde si chacun patiente de son côté jusqu'à ce que les portes s'ouvrent. Ca fait des mois qu'on se croise tous les jours sans s'adresser la parole, et force est de constater qu'il serait sage de continuer sur cette voie. C'est d'accord?

Tous acquiescent.

L'ETUDIANTE

Je concorde.

LA CAILLE

Pourquoi elle parle d'avion celle-là?

TOUS LES AUTRES
Sauf le conducteur

ROHHH

LA CAILLE

Bah quoi?

LA WORKING GIRL
Autoritaire

Silence maintenant.

Silence. Chacun retourne à ses occupations, calme. Musique de fond.

Scène II

En fond, tous continuent de s'occuper. En aparté, en avant-scène, dialogue entre la working girl et le bobo. La working girl tape frénétiquement sur son ordinateur. Le bobo, montrant des signes de stress, cherche des yeux à qui parler et finit par décider d'aller s'asseoir à côté d'elle.

LE BOBO

Qu'est-ce que vous faites ?

LA WORKING GIRL

Je travaille.

LE BOBO

Ah oui, très bien. Et ça ne vous dirait pas de faire un brin de causette?

LA WORKING GIRL
Agacée

Je travaille.

LE BOBO

Oui oui, bien sûr, excusez-moi.

Silence.

LE BOBO

Oh, et si on faisait un Blind Test? Je fredonne des airs de chansons et vous, vous essayez de deviner. Ecoutez : Humhumhumhumhum.

Il fredonne un air connu.

LA WORKING GIRL
Elle crie

JE TRAVAILLE !

LE BOBO
Confus

Oh je n'avais pas compris, enfin si mais non pas vraiment, excusez-moi, je suis navré.

LA WORKING GIRL

Excuses acceptées. Je peux travailler dans le silence maintenant?

LE BOBO

Oui bien sûr, allez-y, je serai muet comme une carpe.

Silence. Il montre de plus en plus de signes de stress. Il recommence à fredonner, de plus en plus fort, puis il craque et se met à genoux devant elle.

LE BOBO
Parlant très vite

AHHH ! Je vous en supplie discutez avec moi! Je suis à ça, vraiment à ça du craquage, il faut absolument que je pense à autre chose et il n'y a que vous avec qui je peux parler. Le musicien a la conversation d'une enfant de deux ans, la jeune fille derrière son livre fait mine de ne pas me regarder, le jeune homme mal attifé veut me faire consommer des drogues et les vieilles dames me font peur. Vous savez, quand j'étais petit, j'adorais jouer à cache-cache avec mon chien. Il s'appelait Tobby.

Je me cachais derrière une porte ou sous un meuble et aussitôt Tobby accourait. Ah ! Qu'est-ce qu'il était content! Il me faisait une de ces fêtes! Et puis il a fini par connaître toutes mes cachettes par cœur, alors, un jour, – je devais avoir 5 ou 6 ans, j'ai eu une idée lumineuse: j'allais me cacher dans la machine à laver! Dans ma tête, ça avait l'air brillant comme idée. Je me suis recroquevillé sur moi-même, – je faisais de la gymnastique à l'époque, j'étais très souple–, bref je me suis recroquevillé sur moi-même et je suis rentré dans le tambour de la machine, j'ai refermé la porte derrière moi et j'ai appelé Tobby. « Tobby! ». Mais comme j'avais fermé la porte, il ne m'entendait pas! Je me suis mis à taper contre la vitre en hurlant « Mamie, Mamie! », pour que ma grand-mère, qui me gardait alors, – elle portait des gaines et elle avait du poil au menton–, bref j'appelai pour que ma grand-mère vienne me délivrer. Au bout de quelques minutes qui m'ont semblé des heures elle s'est approchée de la machine qui se trouvait sur son chemin pour aller aux waters. Je me suis cru sauvé et là: horreur! Elle s'est penchée, a vu que la machine était pleine et, pensant avoir oublié de lancer son programme, elle a tendu son doigt crochu

22

et a appuyé sur le bouton de mise en marche. J'ai commencé à tourner dans tous les sens, – à cette époque le tourniquet me provoquait des frayeurs monstres mais ça n'avait rien à voir avec ça– : là, j'étais balloté en tout sens, et l'eau a commencé à monter, monter, monter, j'ai cru que j'allais mourir madame, vous m'entendez? Mourir! Et puis là, Tobby m'a vu: il s'est mis à aboyer à tout rompre, – « wouaf, wouaf! » –, tant et si bien que, couvrant le bruit tonitruant du dernier épisode de l'inspecteur Derrick que mon affreuse grand-mère regardait tous les après-midi, il réussit enfin à se faire entendre d'elle et elle me libéra. Je me retrouverai sur le sol, trempé, au milieu des slips de mon père, persuadé d'avoir échappé à une mort atroce. Depuis ce jour, j'ai une peur panique des espaces exigus et des personnes âgées. Alors être ici, enfermé dans cette rame, avec cette vielle toupie, ça me met dans un état d'angoisse…Je vous en supplie, parlez-moi!

LA WORKING GIRL
Le redressant

Ca va aller, ca va aller, calmez-vous. On va discuter un peu tous les deux, d'accord?

23

LE BOBO
Se rasseyant

Oh, c'est très gentil de le proposer si spontanément.

LA WORKING GIRL

Comment vous appelez-vous?

LE BOBO

Boniface.

LA WORKING GIRL

C'est intéressant comme prénom.

LE BOBO

Oui n'est-ce pas ? Il paraît que c'est un nom de pape. Ma mère était une vraie grenouille de bénitier.

LA WORKING GIRL

Comme la mienne, voilà un point commun. Moi c'est Sylvie.

LE BOBO
Pris d'angoisse

Comme ma grand-mère !

LA WORKING GIRL

Oubliez ça, vous n'avez qu'à m'appeler Sissi tiens, ça va mieux comme ça?

LE BOBO

Calmé

Ah oui c'est très joli Sissi, c'était le nom du chat de mon voisin, je l'aimais beaucoup, il était très genti. Je veux dire la le chat, pas mon voisin qui était une véritable ordure.

LA WORKING GIRL

Formidable. Partons sur Sissi alors. Et dites-moi Boniface, qu'est-ce que vous faites dans la vie?

LE BOBO

C'est très bizarre de vous entendre dire mon prénom tout en me vouvoyant, est-ce qu'on pourrait envisager de se dire « tu »?

LA WORKING GIRL

Au point où on en est…Si tu veux.

LE BOBO

Si tu insistes! Eh bien j'ai lancé cette année une start-up écolo-bio-urbano-agricole qui propose à des entreprises d'installer des ruches sur leur toit. On peut dire que je suis un apiculteur des villes, en somme.

LA WORKING GIRL
Peu intéressée

Charmant, charmant.

LE BOBO

Et toi Sissi, qu'est-ce que tu fais dans la vie?

LA WORKING GIRL

Impératrice.

LE BOBO

Plait-il?

LA WORKING GIRL

Non non, je plaisante. Je suis responsable marketing d'une grande entreprise d'équipement ménager. L'essentiel de mon travail consiste à faire en sorte que les ventes de frigidaires ne s'écroulent pas.

LE BOBO

C'est passionnant. Dis-moi en plus.

LA WORKING GIRL
De plus en plus à bout

Et bien tous les matins, je me lève aux aurores, je cours attraper ce satané métro, je cours pour en sortir, puis je me jette dans l'ascenseur pour atterrir fissa dans un open space ultra bruyant dans lequel je hurle plus fort que les autres au téléphone pour prendre des rendez-vous avec des grandes enseignes qui pourraient vouloir mettre en vente notre SPIDUS 3000, « la Rolls des frigidaires ». Après ça je prends un shot de café et je file en réunion pour trouver un nouveau slogan de vente pour notre TARGET 6, « le micro-ondes le plus rapide de l'ouest », slogan le plus naze jamais trouvé mais en même temps, comment bien vendre un micro-ondes, hein? « Avec Target, c'est tout chaud dans l'assiette », c'est complètement con non? Sauf que si dans cette réunion je ne trouve pas d'idée lumineuse, aussitôt après je finis dans le bureau de mon boss qui me hurle dessus à grand renfort de postillons, en menaçant de faire sauter ma prime de Noël. Et si encore j'avais le temps de déjeuner, j'aurais l'énergie qu'il faut pour lui dire d'aller se faire bouffer la rate par des pigeons. Mais non, bien sûr, parce que je dois rencontrer des prestataires qui seraient prêts à lécher mes escarpins pour signer un contrat avec moins de zéros que sur mon salaire mensuel, ces crèves la dalle ! Et tout ça, ça irait encore, si après je pouvais rentrer chez moi dans un appartement cosy avec un homme qui m'accueillerait en disant « chérie, viens à table, j'ai fait des courgettes » ! Sauf que quand je rentre chez moi, y'a que la télé qui m'attend, avec ses programmes pourris qui m'expliquent que je dois aller dans un pré pour chercher l'amour, ou aller crever la dalle sur une île déserte pour me faire éteindre le flambeau ! Alors là, je prends des calmants pour aller dormir et oublier qu'on vit dans un monde de merde. Et même là ça irait encore si la nuit, je ne rêvais pas de micro-ondes et de frigidaires qui dansent la polka autour de moi en chantant : « AVEC TARGET, C'EST TOUT CHAUD DANS L'ASSIETTE !».

Elle tombe dans ses bras et pleure.

LE BOBO
lui tapotant le dos

Vas-y Sissi, pleure un bon coup, laisse-toi aller. C'est important de se débarasser des énergies négatives.

Petit à petit, il lui carresse les cheveux, et finit par les les sentir.

LE BOBO
Nostalgique

Oh, tes cheveux! Ils sont si doux, et ils sentent si bon! Ils me rappellent le pelage de mon Tobby.

LA WORKING GIRL
Se redressant, proche de son visage

Q'est-ce que tu dis Boni?

LE BOBO

Rien, rien, je pensais à voix haute.

LA WORKING GIRL

Ah. Ca te dérange pas que je t'appelle Boni, hein?

LE BOBO

Si ce dérangement peut te faire plaisir, il en vaut bien la peine.

LA WORKING GIRL

Toi aussi Boni, tu rentres tout seul le soir après avoir quitté tes abeilles?

LE BOBO

Oui, en quelques sortes.

LA WORKING GIRL

Comment ça en quelques sortes?

LE BOBO

J'ai quand même mon Tobby empaillé.

LA WORKING GIRL

On va faire comme si je n'avais pas
entendu.

*Ils se rapprochent de plus en plus, prêts à
s'embrasser, quand soudain le musicien du
métro se met à chanter à tue tête.*

Scène III

Scène collective

LE MUSICIEN DU METRO
Il chante

Ah qu'est-ce qu'on est serrés au fond de cette rame, chantent les passagers, chantent les passagers, ah qu'est-ce qu'on est serrés, au fond de cette rame, chant'les passagers entre Saint-Mich' et Notre-Dame ! – Allez, tous ensemble!

TOUS LES AUTRES
Sauf le conducteur

NON !

LE MUSICIEN DU METRO
Posant sa guitare

Ah bon, d'accord. J'avais quand même fait une rime riche.

L'ETUDIANTE

Je vous l'accorde. En dépit de la pauvreté de la mélodie, le jeu d'homophonie est agréable.

LA CAILLE
Amusé

La meuf elle a dit homophonie!

L'ETUDIANTE
Levant les yeux au ciel

En linguistique, l'homophonie est une variété d'homonymie désignant le rapport entre deux mots différents possédant la même prononciation. Ici, l'homophonie se limite à la fin du mot, on peut donc parler de rimes, si vous préférez.

LA CAILLE

Ah ben oui c'est mieux, rime je connais.

L'ETUDIANTE
Condescendante

Vous m'en voyez ravie.

LA VIEILLE

Il fût un temps, quand vous montiez dans le métro, vous étiez accueillis par des musiciens dignes de ce nom. Une trompette, un accordéon, et en avant Guingamp! Un vrai p'tit bal musette.

LE MUSICIEN DU METRO

Ah mais le musette, je sais faire si vous voulez.

LA VIEILLE
L'encourageant

Ah voilà qui m'intéresse, allez-y mon p'tit !

TOUS LES AUTRES, SAUF LA VIEILLE
En cœur

NON !

LA VIEILLE

Quels grossiers personnages !

Le musicien du métro se met à pleurer.

LA VIEILLE

Ah bravo, vous l'avez vexé le pauvre enfant!

LE BOBO

Toutes nos excuses, jeune homme. Nous avons été très ingrats avec vous. Peut-être vous sentiriez vous mieux si nous écoutions votre composition?

LE CONDUCTEUR
Il est hors scène et parle au micro

Moi je veux bien l'entendre, sa chanson.

Tous sursautent.

LA WORKING GIRL

Monsieur le conducteur? Depuis tout ce temps, vous nous entendez parler?

LE CONDUCTEUR
Il est hors scène et parle au micro

Oui M'dame. Ma cabine est juste de l'autre côté de la cloison. Et vu que je m'ennuie comme un rat mort depuis que j'ai fini mon sudoku, je vous écoute.

LE BOBO

Je me sens comme violé dans mon intimité.

LA VIEILLE

Rien que ça! Bon, écoutons la chanson du jeunot alors.

L'ETUDIANTE

D'accord mais après, silence. Vu ?

Tous acquiescent.

LA VIEILLE

Allez-y jeune homme, nous sommes tout ouïes.

LE MUSICIEN DU METRO
Ravi, il chante

Ah qu'est-ce qu'on est serrés au fond de cette rame, chantent les passagers, chantent les passagers, ah qu'est-ce qu'on est serrés, au fond de cette rame, chant'les passagers entre Saint-Mich' et Notre-Dame! – Allez, tous ensemble!

TOUS EN COEUR
A contre-cœur

Ah qu'est-ce qu'on est serrés au fond de cette rame, chantent les passagers, chantent les passagers, ah qu'est-ce qu'on est serrés, au fond de cette rame, chant'les passagers entre Saint-Mich' et Notre-Dame !

LE MUSICIEN DU METRO

Et on reprend !

TOUS LES AUTRES
Sauf le conducteur

NON !

LE MUSICIEN DU METRO
Posant sa guitare

Désolée, je me suis un peu emballé.

LE CONDUCTEUR
Il est hors scène et parle au micro

C'était super, mon p'tit gars.

LE MUSICIEN DU METRO

Merci M'sieur, ça m'touche beaucoup c'que vous dites.

L'ETUDIANTE

Disons qu'on n'en est pas morts, on ne va pas non plus y passer des heures. Silence maintenant!

Tous reprennent leurs activités. Fond musical.

Scène IV

En fond, tous continuent de s'occuper. En aparté, en avant-scène, dialogue entre la caille et l'étudiante. La caille est assise en avant-scène. L'étudiante cherche quelqu'un pour l'aider à réviser. Après avoir envisagé le bobo et la working girl, trop occupés à se tourner autour, elle s'approche de la vieille puis renonce, effrayée, envisage un instant le musicien du métro, qui lui lance un regard vide. Désespérée, elle se résout à parler à la caille.

L'ETUDIANTE

Jeune homme, auriez-vous l'obligeance de me faire une faveur?

LA CAILLE
Regard perdu

Heu...

L'ETUDIANTE
Levant les yeux au ciel

Mec, tu veux pas me rendre un service?

LA CAILLE

Ca dépend, c'est quoi?

L'ETUDIANTE

Elle lui tend son livre

Tiens. Je vais te réciter mon cours. Tu lis la page de gauche, et tu vérifies que je dis exactement la même chose, mot pour mot. C'est d'accord?

LA CAILLE

Ca dépend.

L'ETUDIANTE
Excédée

Ca dépend de quoi encore?

LA CAILLE

Tu m'rendras un service après?

L'ETUDIANTE
Suspicieuse

Lequel ?

LA CAILLE

J'aim'rais bien qu'tu m'donnes ton avis sur un truc que j'ai écrit.

L'ETUDIANTE
Elle rit

Quoi, une liste de courses?

LA CAILLE

Vexé, lui jetant son livre

T'sais quoi, t'as qu'à t'faire réviser toute seule, bouffonne.

L'ETUDIANTE
Elle lui retend son livre

Je suis désolée, j'ai vraiment été nulle. Je m'excuse si je t'ai vexée. Je te dirai avec plaisir ce que je pense de ton texte, d'accord? Tu veux bien m'aider?

LA CAILLE

Ok, mais juste une page alors.

L'ETUDIANTE
Ravie

Génial ! Merci mille fois! J'y vais.

Elle s'éclaircit la voix.

Donatien Alphonse François de Sade, dit le Marquis de Sade, né le 2 juin 1740 à Paris, est un homme de lettres, romancier, philosophe et homme politique français, longtemps voué à l'anathème en raison de la part accordée dans son œuvre à l'érotisme et à la pornographie, associé à des actes de violence et de cruauté (tortures, incestes, viols, pédophilie, etc.). L'expression d'un athéisme anticlérical virulent est l'un des thèmes les plus récurrents de ses écrits et la cause de leurs mises à l'index. Détenu sous tous les régimes politiques, il est emprisonné pour divers motifs, notamment pour dettes, empoisonnement et sodomie, puis enlèvement et abus sur des jeunes filles. Sur les soixante-quatorze années de sa vie, il passe un total de vingt-sept ans en prison ou asile de fous. Lui-même, en passionné de théâtre, écrit: « Les entractes de ma vie ont été trop longs». Il meurt le 2 décembre 1814 à l'asile d'aliénés de Charenton Saint Maurice.

LA CAILLE

Mais c'est un truc de ouf! Ils sont vachement moins bien mes cours de français à moi. Demain on fait un cours sur ton Marquis, moi j'ai 20 sur 20!

L'ETUDIANTE

On se reconcentre, d'accord? Je n'ai pas fini.

LA CAILLE
Excité

Ouais ouais, vas-y balance la suite, je suis trop à donf.

L'ETUDIANTE

Occultée et clandestine pendant tout le XIXe siècle, son œuvre littéraire est réhabilitée au XXe siècle par Jean-Jacques Pauvert qui le sort de la clandestinité en publiant ses œuvres, malgré la censure officielle dont il triomphe par un procès en appel en 1956, défendu par maître Maurice

Garçon. La dernière étape vers la reconnaissance est sans doute représentée par l'entrée de Sade dans la Bibliothèque de la Pléiade en 1990. Son nom est passé à la postérité sous forme de substantif. Dès 1834, le néologisme « sadisme », qui fait référence aux actes de cruauté décrits dans ses œuvres, figure dans un dictionnaire ; le mot finit par être transposé dans diverses langues.

LA CAILLE
Epaté

Ahhhh c'est pour ça qu'on dit sadique, c'est à cause de Monsieur Sade!

L'ETUDIANTE
L'air coquin

Tout à fait. Ou grâce à lui, tout dépend du point de vue.

LA CAILLE
En la reluquant

Dis-donc t'es une coquine toi!

L'ETUDIANTE
Perturbée

Hum hum, on s'égare! Revenons-en à nos nichons heu…à nos moutons! Est-ce que j'ai fait des fautes?

LA CAILLE

Ouais.

L'ETUDIANTE
Etonnée

Ah bon? J'étais pourtant sûre que non!

LA CAILLE

Ben si. Le procès pour censure, avec le mec qui s'appelle Gamin.

L'ETUDIANTE

Garçon.

LA CAILLE

Ouais, Garçon,. T'as dit qu'c'était en 1956.

L'ETUDIANTE

Ben oui!

LA CAILLE

Bah c'est 1957.

L'ETUDIANTE
En pleurs

Je suis trop nulle! Si je ne passe pas cette matière, je ne valide pas mon hypokhâgne. Pas d'hypokhâgne, pas de khâgne. Pas de khâgne, pas d'entrée triomphale à normale sup'. Pas d'entrée triomphale à normale sup', pas de prix Nobel de littérature avant mes 25 ans. Ma vie est foutue!

LA CAILLE

Moi je trouve qu'y seraient vraiment naze de pas te le donner, ce Prix heu...

L'ETUDIANTE

Nobel.

LA CAILLE

Nobel, parce que t'es la meuf la plus intelligente avec qui j'aie jamais parlé.

L'ETUDIANTE
Elle lui prend la main

C'est vrai?

LA CAILLE

Bah ouais grave. En plus tu dis des mots intelligents et là paf, tu glisses un discours sur la sodomie. Si ça, ça vaut pas un prix, moi j'comprends pas.

L'ETUDIANTE

Ca me touche beaucoup ce que tu dis. Au fait, moi c'est Constance.

LA CAILLE

Enchanté Constance. Moi c'est Jean-Louis.

L'ETUDIANTE

C'est marrant, j'aurais pas parié là-dessus.

LA CAILLE

Pourquoi ?

L'ETUDIANTE

Nonon, pour rien. Bon, tu me lis ton texte?

LA CAILLE

Mon texte il se lit pas, c'est du slam.

L'ETUDIANTE

Du quoi?

LA CAILLE

Du slam. C'est comme du rap, mais sans les grosses basses et les meufs à poil. Un truc plus poétique quoi.

L'ETUDIANTE

Intéressant comme concept.

LA CAILLE

Bon allez, j'y vais.

Il se lève et commence à slammer. Air de piano.

La street c'est pas facile quand tu t'appelles Jean-Louis.

On s'fout souvent d'ma gueule dans les rue de Paris.

Ok j'viens du seizième et pas d'la Seine-Saint-D'nis,

C'est pas pour ça qu'j'ai pas ma credibility.

J'balance mon flow à l'aise devant l'Trocadéro.

La Tour Eiffel qui brille, wallah, ça c'est trop beau.

C'est l'hiver, y fait froid, j'ai trois manteaux sur l'dos.

Mais si toi meuf, tu m'aimes, dans mon cœur: y faut chaud.

L'ETUDIANTE
Ebahie

Mais...c'est des Alexandrins !

LA CAILLE

J'sais pas, j'leur ai pas donné d'prénom.

L'ETUDIANTE

Mais non, des alexandrins! Des vers en douze pieds, la quintessence de l'écriture poétique, le summum de la beauté littéraire!

LA CAILLE

Un ver avec plein d'pieds, chez moi c'est un mille-pattes!

L'ETUDIANTE

Tas-toi et embrasse-moi!

LA CAILLE
Ravi

Ok !

Il s'approche pour l'embrasser, quand soudain, le conducteur du métro défonce la porte en fond de rame et tombe en plein milieu des passages, qui poussent un cri de surprise.

Scène V

Scène collective. Irruption du conducteur.

L'ETUDIANTE
L'aidant à se relever

Ca va Monsieur? Rien de cassé?

LE CONDUCTEUR
Exhibant une bouteille de rouge

Rien ma p'tite dame! Même pas ma bouteille!

MESSAGE RADIO

Contrôle à rame 27, je répète contrôle à rame 27. Avons entendu un bruit suspect sur votre ligne. Tout va bien?

LE CONDUCTEUR
À la radio

Oui, ça va, je fais ma gymnastique!

LE BOBO

Vous nous avez fait une de ces frayeurs! Quelle idée de débouler comme ça? Vous

vous rendez compte, si l'un d'entre nous avait été derrière la porte? Vous l'auriez écrasé comme une vulgaire crêpe!

LA VIEILLE

Oui bon, n'en rajoutons pas, vous êtes toujours bien vivant jeune homme!

LE BOBO
A la working girl

Mon dieu, qu'est-ce qu'elle me fait peur!

LE CONDUCTEUR

Désolé pour cette entrée en fanfare. En tout cas je suis bien content de ne plus être coincé tout seul dans ma cabine.

Il les dévisage.

C'est marrant, je ne vous imaginais pas du tout comme ça.

LA WORKING GIRL

C'est-à-dire ?

LE CONDUCTEUR

Vous n'avez pas vraiment le physique de vos voix.

Tous se toisent. A la Caille.

Sauf vous, pour le coup, je vous imaginais exactement comme ça.

LA CAILLE

C'est un compliment?

LE CONDUCTEUR

C'est vous qui voyez.

LA WORKING GIRL

Dites-donc vous, si vous êtes venus pour nous mater, vous pouvez repartir d'où vous venez, c'est pas la foire aux bestiaux ici!

LA VIEILLE
Enervée

Elle a raison la p'tite! Non mais vous vous prenez pour qui? Vous feriez mieux de vous décarcasser pour nous sortir d'ici!

Tous acquiescent.

LE CONDUCTEUR

Ca va, ça va, calmez-vous! Si on peut plus rigoler…Et puis je peux rien faire moi : le courant est coupé. Donc sauf si vous nous trouvez un cheval de trait à atteler devant ma cabine pour tirer ce gros tas de ferraille, y'a rien à faire d'autre qu'attendre.

Tous râlent.

Le MUSICIEN DU METRO
Au public

Bon vous avez compris, pour ceux qui étaient pressés de sortir de la salle pour aller boire l'apéro, c'est pas pour tout de suite.

LE CONDUCTEUR
Désignant sa bouteille

En attendant, on peut toujours patienter avec ma copine.

L'ETUDIANTE
Polie

Sans façon, je ne bois que de l'eau et du thé.

LA WORKING GIRL
Mauvaise

Et moi que des grands crus.

LE BOBO
Dégoûté

Vous savez qu'en buvant à plusieurs à la bouteille, vous échangez plus de bactéries que si vous léchiez cette barre de métro?

LA CAILLE
S'approchait de la bouteille, se ravise en entendant le bobo

Ok, non merci.

LA VIEILLE

Eh ben, de mon temps, on faisait moins de chichis! Moi je prendrais bien un petit coup de rouge Monsieur, c'est excellent pour la santé, c'est plein de fer!

Le MUSICIEN DU METRO

Ma foi, moi aussi ça me dirait bien!

LE CONDUCTEUR

Ah ! Enfin des copains pour trinquer!

Ils s'installent.

Scène VI

En fond, les deux couples flirtent. En aparté, en avant-scène, dialogue entre la vieille, le musicien et le conducteur. Tout au long de la scène, ils se passent la bouteille comme un bâton de parole. Aucune réaction aux propos des autres.

LE CONDUCTEUR

Un jour, j'ai écrasé un chat.

Le MUSICIEN DU METRO

Un jour, j'ai embrassé une fille.

LA VIEILLE

Un jour, j'ai fini chez les flics.

LE CONDUCTEUR

J'avais presque fini ma journée, j'étais un peu claqué. On était bientôt au terminus, plus que quoi, deux, trois arrêts? Et puis là, je l'ai vu. Une toute petite boule noire, assise, là, en plein milieu des voies. Qu-est-ce qu'il était mignon!

Le MUSICIEN DU METRO

J'avais 16 ans, et elle aussi. Elle s'appelait Angèle, c'était la fille du curé. C'est pas banal ça, non? Bien sûr, c'était pas officiel, ils vivaient même pas dans la même maison, mais au village, tout le monde le savait que c'était sa fille.

LA VIEILLE

Je vivais dans le 9ème à l'époque, au pied de la Butte Montmartre. Ah aujourd'hui, ça fait rêver les touristes mais à l'époque, c'était une autre histoire. Pas un soir sans que ça finisse en baston sur les trottoirs! Ce jour là, ça n'a pas loupé.

LE CONDUCTEUR

J'ai freiné de toutes mes forces, mais tu parles, en pleine vitesse...c'était trop tard. J'ai à peine eu le temps de voir ses jolis petits yeux verts. Il avait même pas l'air effrayé, il a pas bougé.

Le MUSICIEN DU METRO

Tous les jours, depuis tout petit, je passais devant chez elle pour aller à l'école. Et tous les jours, je me disais que j'étais amoureux. J'en étais même sûr, vu le rouge qui me montait aux joues quand je passais devant elle ! Mais lui parler, ça, impossible, ça me faisait trop peur.

LA VIEILLE

Il devait être dix ou onze heures du soir. Je finissais l'inventaire de ma boutique. A l'époque, je vendais des chaussures. Bref je venais de terminer mes affaires, la devanture était bouclée depuis un petit bout de temps. J'ai pris mon barda sous le bras et je suis passée par l'arrière-boutique, qui donnait sur une rue remplie de bars mal famés.

LE CONDUCTEUR

Quand j'ai tapé dedans, ça a fait un coup sec. « Poc ». Un peu le même bruit que quand on fait des ricochets, l'été, à la mer. « Poc ». Depuis, j'y pense tous les jours. Il faut dire que je les adore, les chats, même si j'en ai jamais eu. Ils sont tellement adorables.

Le MUSICIEN DU METRO

C'est pour ça que j'ai décidé d'apprendre la guitare. Comme j'avais peur de lui parler, parce qu'elle était trop belle, je me suis dit que peut-être que je pourrais lui chanter une chanson. J'ai travaillé tout l'été dans les champs pour me payer mon instrument et quelques partitions. Et puis j'ai bossé nuit et jour, tout seul, dans ma chambre, pour apprendre à jouer. Ca faisait un de ces boucans, mes parents en devenaient fous!

LA VIEILLE

J'avais à peine fermé la porte que je les ai vus arriver: deux bandes de gars bien avinés prêts à se flanquer une bonne raclée. Je sais même plus pourquoi d'ailleurs, une histoire de tournée pas payée, il me semble. Toujours est-il que ni un ni deux, ils se sont sauté sur le râble et moi, je me suis retrouvée en plein milieu.

LE CONDUCTEUR

Il y a des jours où je me dis que c'était une peluche, ou un animal empaillé. Sinon, pourquoi il aurait pas bougé?

Le MUSICIEN DU METRO

Le jour de son anniversaire, je me suis posté devant sa maison. J'ai sorti ma guitare et j'ai chanté « Love me tender », d'Elvis Presley. Je comprenais pas grand-chose à l'anglais, mais assez pour savoir que c'était une sacré chanson d'amour. Au deuxième couplet, elle a passé la tête à la fenêtre, et elle m'a souri. Au refrain, elle est descendue, et elle m'a embrassé.

LA VIEILLE

Ca s'envoyait des coups de poings dans la face, des balayettes, des coups de boule dans le buffet. Mes aïeux, quelle pagaille! Et moi, prisonnière de ce tintouin, plutôt que de subir, j'ai commencé à distribuer des mandales. Hop, un genou dans les parties, hop un coup de talon sournois dans un tibia, quel régal! Un des plus beaux jours de ma vie.

LE CONDUCTEUR
Hurlant

Et puis, si c'était vraiment un chat, un vrai chat bien vivant, y'aurait eu du sang partout non ? Je sais pas moi, des boyaux sur les vitres, une patte arrachée qui pend sur mon rétro !

Pour la première fois, les autres le regardent, comme s'ils découvraient qu'il parle. Puis chacun reprend son discours dans le calme.

Le MUSICIEN DU METRO

Et puis, le lendemain, elle a déménagé. Sa famille avait fui le village, pour pouvoir vivre au grand jour là où personne ne saurait que le papa de ma belle Angèle avait été curé. Depuis, je l'ai jamais revue.

LA VIEILLE

Et puis, les flics sont arrivés. J'ai lâché le gars que j'étais occupé à mordre à la joue et je suis partie sans demander mon reste. Ils m'ont rattrapée, et ils m'ont mise en dégrisement, moi qui n'avais jamais bu une goutte.

LE CONDUCTEUR

Peut-être que c'était pas un vrai chat après tout, peut-être que j'ai tué personne.

Le MUSICIEN DU METRO

Peut-être que si elle était restée, on se serait mariés, et on aurait été heureux.

LA VIEILLE

Peut-être que si j'avais pas fini en taule ce soir là, je me serais jamais mise à boire.

EN COEUR

Mais ça, je le saurai jamais.

Silence.

Scène VII

Scène collective.

MESSAGE RADIO

Appel à toutes les rames, je répète, appel à toutes les rames: ceci est un appel d'urgence.

Tous se retournent pour écouter.

MESSAGE RADIO

Notre panne est sur le point d'engendrer un arc électrique, il peut survenir à tout moment: abritez-vous! Je répète, abritez-vous!

Cris de panique.

LA WORKING GIRL

Mais les portes sont coincées, on ne peut pas sortir!

L'ETUDIANTE

Et on n'a rien pour casser les vitres!

Le BOBO
Paniqué

Mon dieu, on va tous mourir! On va finir électrocutés, brûlés, crâmés, comme des pigeons rôtis sur des lignes à haute tension! C'est la fin, c'est la f...

La working girl lui met une claque, il se calme instantanément.

Le BOBO

Merci Sissi, ça va beaucoup mieux.

LA WORKING GIRL

Tout le plaisir est pour moi.

LE CONDUCTEUR

Bon, pas de panique, il nous faut une matière isolante pour nous protéger.

LE MUSICIEN DU METRO

Ma guitare?

LE CONDUCTEUR
Non!

LA CAILLE

Ma casquette?

LE CONDUCTEUR

Non plus!

L'ETUDIANTE

Mon dico?

LE CONDUCTEUR

Mais non voyons!

Il regarde autour de lui et réfléchit.

LE CONDUCTEUR
À la vieille

Mais oui, bien sûr! Madame, votre cabas! Vite, donnez-le moi! Et vous tous, venez m'aider, il faut le mettre bien à plat.

Elle le lui tend, ils déchirent les coutures. Les affaires de la vieille se retrouvent pêle-mêle (gaine, soutien-gorge, altères, camembert...).

LE CONDUCTEUR

Vite, venez tous dessous et serrez vous, allez!

Ils accourent sous la bâche et se serrent les uns contre les autres.

Le BOBO

Et maintenant?

LE CONDUCTEUR

On attend, et on ne bouge pas.

LA CAILLE

Heu...Je veux accuser personne mais...Je sens comme une espèce d'odeur.

LA VIEILLE

C'est mon camembert, abruti!

LA CAILLE

Ah oui, pardon.

L'ETUDIANTE

Il faut que je vous avoue quelque chose. Je ne veux pas risquer de mourir en emportant ce secret dans ma tombe.

LA WORKING GIRL

On vous écoute, dites-nous tout.

L'ETUDIANTE
Soulagée

Eh bien...J'ai triché à mon bac de philo. Olala, c'est fou le bien que ça fait de le dire!

LE MUSICIEN DU METRO

Moi aussi j'ai un p'tit truc sur le coeur que j'aimerais bien vous dire. J'en ai jamais parlé à personne.

LA VIEILLE

Allez-y p'tit gars, videz votre sac.

LE MUSICIEN DU METRO

Une fois en boîte de nuit, j'ai tripoté les fesses d'une dame plus âgée. Ca m'a toujours fait un truc les femmes mûres. Elle s'est retournée et en fait, c'était ma mère.

TOUS

OH!

LA CAILLE

Moi, quand j'étais petit, j'ai volé un slip superman au supermarché. Je m'en veux encore, mais il était tellement beau!

LA WORKING GIRL

L'année dernière, j'ai recruté un stagiaire totalement incompétent mais beau comme un dieu, juste pour pouvoir reluquer ses fesses en passant derrière son bureau.

LA VIEILLE

J'ai tué mon ex-mari.

TOUS

QUOI??

LA VIEILLE

Je plaisante! C'était pour détendre l'atmoshpère.

Les lumières clignotent.

LE CONDUCTEUR

Attention, c'est l'arc électrique, il arrive! Préparez-vous!

Ils se resserrent encore.

Le BOBO
Paniqué

Mon Tobby, attends-moi, j'arrive!

A ce moment-là, bruit d'explosion et noir sur scène. Tous crient.

Scène VIII

Scène collective finale. La lumière se rallume. Ils sortent de sous la bâche.

LE CONDUCTEUR

Est-ce que tout le monde va bien?

Tous acquiescent. La vieille se hâte de ramasser ses affaires.

MESSAGE RADIO

Appel à tous les conducteurs. Avez-vous des blessés?

LE CONDUCTEUR
À la radio

Rame 27 à contrôle, tout va bien, pas de blessés sur la rame.

MESSAGE RADIO

Bien reçu. Incident terminé. Le trafic va reprendre.

L'ETUDIANTE

Quoi, déjà?

Bruit et annonce d'ouverture des portes. Tous la regardent s'ouvrir.

LA WORKING GIRL

Il faut croire que oui.

LA VIEILLE

En tout cas, merci M'sieur le conducteur, vous avez assuré comme un chef.

Tous le remercient.

LE CONDUCTEUR
Gêné

Je n'ai fait que mon travail. Vu que tout le monde va bien, vous devriez filer. Il est temps pour moi de retourner dans ma cabine et de finir ma tournée.

L'ETUDIANTE
Gênée

Bon, ben, je file à la bibliothèque alors. Avec un peu de chance, si je saute ma pause déjeuner, je rattraperai le temps perdu pour mes révisions.

LE BOBO
Gêné

Quant-à moi, je vais aller soigner mes abeilles.

LA VIEILLE
Gênée

Et bien moi, je vais aller houspiller la secrétaire du Docteur Muller.

LA CAILLE
Déçu

J'vais aller fumer une p'tite clope ou deux.

LA WORKING GIRL
Déçue

Avec un peu de chance, je vais réussir à rappeler Singapour.

LE MUSICIEN DU METRO
Triste

Moi je vais rester là encore un peu.

Silence.

L'ETUDIANTE

Bon, ben...au revoir alors.

Tous se disent au revoir, gênés, et s'apprêtent à partir.

LE CONDUCTEUR

Attendez !

Ils se figent.

LE CONDUCTEUR

Avant que tout le monde retourne à sa petite vie, j'aimerais vous dire que j'ai passé un très bon moment avec vous. Ca m'a fait un bien fou de discuter comme ça.

TOUS

Moi aussi.

LE CONDUCTEUR

Du coup je me disais que, peut-être, de temps à autre, vous pourriez passer me saluer en passant devant ma cabine. Ca ne serait pas grand chose, mais ça me ferait plaisir.

Tous acquiescent en souriant. Moment de flottement.

LA VIEILLE

Vous savez quoi, foutu pour foutu, mon rendez-vous médical, je le reprogrammerai plus tard. Vu que le petit musicien reste là, je vais rester aussi. Comme ça, je vais l'écouter chanter, et quand vous aurez fini votre tournée, on pourra aller se boire un petit café tous les trois ?

Le MUSICIEN DU METRO
Ravi

Avec plaisir madame ! Vous allez voir, j'ai encore plein de merveilles à mon répertoire.

LE CONDUCTEUR

Ah ben c'est vrai que ce serait chouette!

LA VIEILLE
En se réinstallant

Vendu !

LA WORKING
Au bobo

En fait, c'est déjà la nuit à Singapour, c'est sûr que c'est râpé pour mon appel. Et de toute façon, à l'heure qu'il est, mon boss a sûrement déjà fini d'écrire ma lettre de licenciement. Alors, Boni, peut-être que je pourrais t'accompagner voir tes ruches ?

LE BOBO

J'en serais ravi ma Sissi. Sur le chemin, on passera un coup de téléphone à mon psy. Je lui dirai que grâce à toi, j'ai plus avancé dans la lutte contre mes phobies qu'en vingt ans de thérapie. Tiens, en voici la preuve.

Il s'avance vers la vieille.

LE BOBO

Madame, si vous permettez.

Il l'embrasse.

LE BOBO

C'est fou comme ça libère! Allez Sissi, allons voir mes abeilles. Monsieur le conducteur, encore merci pour tout. Chers tous, à très bientôt et, jeune homme, mes amitiés à votre mère.

Il sort de la rame avec la working girl.

LA CAILLE
A l'étudiante

Constance, j'me demandais, y'a un espace fumeur dans ta bibliothèque?

L'ETUDIANTE

Heu oui sûrement.

LA CAILLE

P'têtre qu'entre deux clopes, j'pourrais m'installer avec toi pour écrire mes Alexandrie?

L'ETUDIANTE

Alexandrins.

LA CAILLE

Ben oui c'est c'que j'ai dit.

L'ETUDIANTE

Ma foi oui, c'est une brillante idée Jean-Louis. Hâtons-nous !

Elle sort de la rame avec la caille.

LE CONDUCTEUR

Allez, cette fois-ci, j'y retourne. N'hésite-pas à chanter fort hein gamin, je veux tout entendre!

Le MUSICIEN DU METRO

Aucun problème chef, chanter fort, c'est ma spécialité.

LA VIEILLE

Fort et faux, les deux pour le prix d'un!

Le MUSICIEN DU METRO

Vous inquiétez pas ma p'tite dame, vous en aurez pour votre argent. Celle-ci devrait vous plaire.

Il chante (faux et fort) « il est cinq heures, Paris s'éveille ». Noir.

Epilogue

Retour au quotidien, bien différent de celui du prologue. Pendant toute la scène, on entend la chanson « Il est cinq heures, Paris s'éveille ». En fond de scène, est projetée la date du jour. Tandis que les jours défilent, les personnages (à l'exception du conducteur) montent dans la rame, miment le trajet du jour et ressortent. L'opération se répète à chaque jour qui s'affiche sur l'écran, jusqu'à la fin de la chanson.